GRANDMA'S CHOCOLATE

EL CHOCOLATE DE ABUELITA

By / Por Mara Price

Illustrations by / Ilustraciones de Lisa Fields

Spanish translation by / Traducción al español de Gabriela Baeza Ventura

Piñata Books

Arte Público Press

Houston, Texas

Publication of *Grandma's Chocolate* is funded by grants from the City of Houston through the Houston Arts Alliance, the Clayton Fund, and the Exemplar Program, a program of Americans for the Arts in collaboration with the LarsonAllen Public Services Group, with funding from the Ford Foundation. We are grateful for their support.

Esta edición de *El chocolate de abuelita* ha sido subvencionada por la Ciudad de Houston por medio del Houston Arts Alliance, el Fondo Clayton y el Exemplar Program, un programa de Americans for the Arts en colaboración con LarsonAllen Public Services Group, con fondos de la Fundación Ford. Les agradecemos su apoyo.

Piñata Books are full of surprises!
¡Piñata Books están llenos de sorpresas!

Piñata Books
An Imprint of Arte Público Press
University of Houston
452 Cullen Performance Hall
Houston, Texas 77204-2004

Price, Mara.
Grandma's Chocolate / by Mara Price; illustrations by Lisa Fields; Spanish translation, Gabriela Baeza Ventura = El chocolate de abuelita / por Mara Price; ilustraciones de Lisa Fields; traducción al español de Gabriela Baeza Ventura.
p. cm.
Summary: When Sabrina's grandmother visits from Mexico, she brings gifts that make Sabrina feel like a Mayan princess.
ISBN 978-1-55885-587-8 (alk. paper)
[1. Grandmothers—Fiction. 2. Mayas—Fiction. 3. Indians of Mexico—Fiction. 4. Mexican Americans—Fiction. 5. Spanish language materials—Bilingual.] I. Fields, Lisa, ill. II. Ventura, Gabriela Baeza. III. Title. IV. Title: Chocolate de abuelita.
PZ73.P745 2010
[E]—dc22

2009053975
CIP

∞ The paper used in this publication meets the requirements of the American National Standard for Permanence of Paper for Printed Library Materials Z39.48-1984.

Printed in China in April 2010–July 2010 by Creative Printing USA Inc.
12 11 10 9 8 7 6 5 4 3 2 1

To all grandmas, especially mine.
—MP

For my grandmothers, Thelma D. Fields and Vincene Ventura, for their encouragement throughout the years.
—LF

Para todas las abuelitas, especialmente la mía.
—MP

Para mis abuelitas, Thelma D. Fields y Vincene Ventura, por su apoyo a través de los años.
—LF

When I opened the door, Grandma was there. After a big hug I said, "I'm so glad to see you!" I took her hand and led her to the room where she stays when she visits.

"What's in your suitcase this time, Grandma?" I asked.

"Surprises from Mexico, Sabrina," Grandma replied.

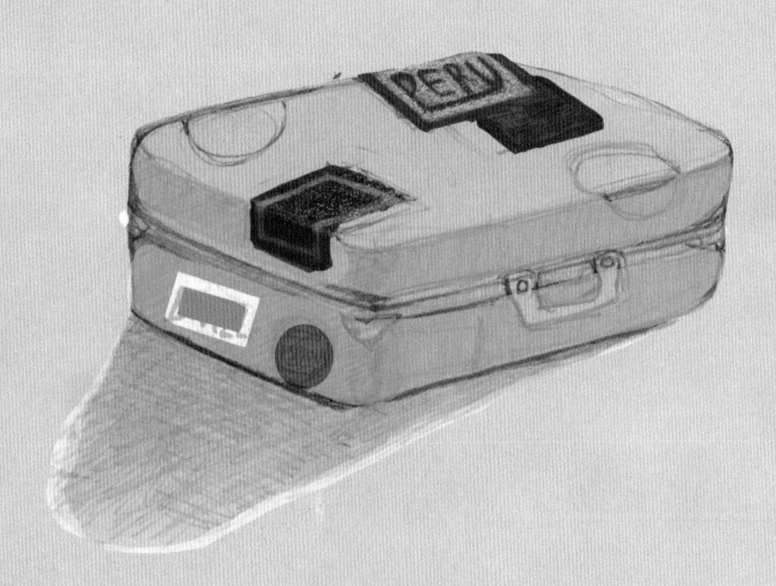

Cuando abrí la puerta, Abuelita estaba allí. Después de un gran abrazo dije —¡Qué gusto verte! —La tomé de la mano y la llevé a la habitación donde siempre se queda cuando nos visita.

—¿Qué tienes en tu maleta esta vez, Abuelita? —pregunté.

—Sorpresas de México, Sabrina —Abuelita contestó.

Her yellow suitcase was covered with round and square stickers from the places she had visited. Grandma lifted the heavy suitcase and put it on the bed.

"Open it carefully. It's so full of gifts it might explode!" she said, laughing.

It was like opening a treasure chest. There were colorful ribbons, a whistle, a drum and the strong smell of chocolate.

"I brought you some games that your mamá liked to play when she was your age," she said.

"Can we play music, Grandma?" I asked. "I like this drum."

Su maleta amarilla estaba cubierta de calcomanías redondas y cuadradas de todos los lugares que había visitado. Abuelita levantó la pesada maleta y la puso encima de la cama.

—Ábrela con cuidado. ¡Está tan llena de regalos que puede explotar! —dijo, riéndose.

Era como abrir un cofre de tesoros. Había listones de muchos colores, un pito, un tambor y un fuerte aroma a chocolate.

—Te traje unos juegos que a tu mamá le gustaba jugar cuando tenía tu edad —dijo.

—¿Podemos tocar música, Abuelita? —pregunté—. Me gusta este tambor.

"Pa rom pom pon!" I said as I marched with my new drum.

Grandma played the clay whistle. It was shaped like a dove. Grandma always liked birds. She said birds sing the songs of the clouds and they are the messengers from the earth to the sky

"I like playing with you, Grandma," I said, and gave her a hug.

—¡Tun ta ca tún! —dije al marchar con mi nuevo tambor.

Abuelita tocó el pito de barro. El pito tenía la forma de una paloma. A Abuelita siempre le han gustado las aves. Dice que las aves entonan las canciones de las nubes y que son mensajeras de la tierra al cielo.

—Me gusta jugar contigo, Abuelita —le dije y la abracé.

Grandma took the colorful ribbons from her suitcase. I sat on the edge of the bed while she wove the green, white and red ribbons into my hair, first on one side and then the other.

When she finished, I looked at myself in the mirror. She had braided my hair into two braids and tied them over my head. I told her I looked like one of the Mayan princesses that she often talked about on her visits.

Abuelita sacó los listones de colores de su maleta. Me senté en la orilla de la cama mientras trenzaba los listones verdes, blancos y rojos en mi cabello, primero en un lado y después en el otro.

Cuando terminó, me miré en el espejo. Me había hecho dos trenzas y las había atado sobre mi cabeza. Le dije que parecía una de las princesas mayas de las que siempre me contaba durante sus visitas.

"Grandma, do you want to play a game? Let's pretend that I'm a princess."

"Okay, Sabrina," she said as she looked into the suitcase again, "but a Mayan princess should wear a beautiful *huipil*."

"What is a *huipil*, Grandma?"

"A *huipil* is a traditional blouse worn by Mayan and Aztec women. They still wear them today. Some are woven and some are embroidered," Grandma explained. "Every region has a special design. When you put on this *huipil*, you will look like a Mayan princess."

—Abuelita, ¿quieres jugar un juego? Imaginemos que soy una princesa.

—De acuerdo, Sabrina —me dijo mientras se asomó en su maleta otra vez—, pero una princesa maya debe llevar un lindo "huipil".

—¿Qué es un huipil, Abuelita?

—Un huipil es una blusa tradicional que usaban las mujeres mayas y aztecas. Aún los usan. Algunos son tejidos y otros son bordados —explicó Abuelita—. Cada región tiene un diseño especial. Cuando te pongas este huipil, te verás como una princesa maya.

"Thank you, Grandma, it's beautiful. Were there really Mayan princesses?" I asked.

"Yes, Sabrina, there were both Mayan and Aztec princesses with black hair and dark eyes, like yours," she said. "Many years ago, our ancestors had palaces and gold, and great plantations of cacao."

"What is cacao?" I asked.

"The cacao is a tree and its seeds give us the chocolate we enjoy today. The Olmecs and Mayas were the first to make chocolate," she said.

—Gracias, Abuelita, es hermoso. ¿En verdad había princesas mayas? —pregunté.

—Sí, Sabrina, había princesas mayas y aztecas con el cabello y los ojos negros como los tuyos —dijo—. Hace muchos años, nuestros antepasados tenían palacios y oro, y grandes plantaciones de cacao.

—¿Qué es cacao? —pregunté.

—El cacao es un árbol y sus semillas nos dan el chocolate que tanto nos gusta. Los olmecas y los mayas fueron los primeros en preparar chocolate —dijo.

That afternoon we went to the market to buy groceries. At the market I asked Grandma, "Did Mayan princesses have money?"

"Yes. In those times cacao seeds were used for money. Cacao seeds were so important that the Mayas even had a god of cacao named Ek Chuah," Grandma said.

"Grandma, if I was a Mayan princess, what could I buy with cacao?"

"You could buy a turkey or a rabbit with 100 cacao seeds. A baby rabbit was only 30 seeds, a turkey egg was three seeds and a big tomato was one cacao seed."

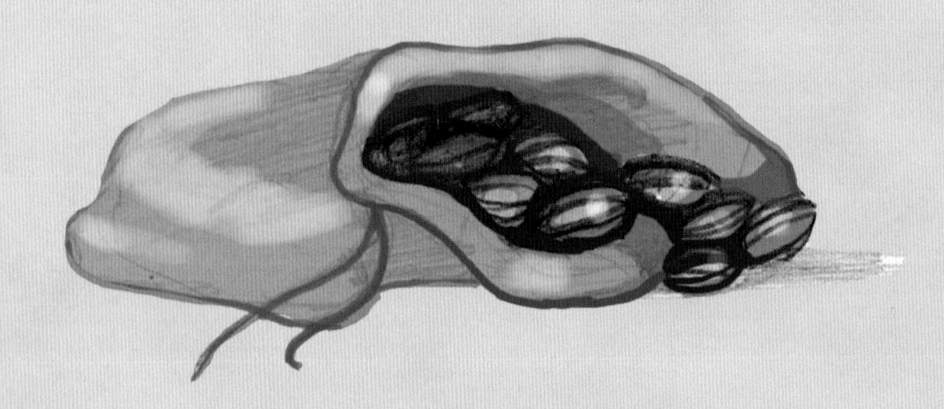

Por la tarde fuimos al mercado a comprar los comestibles. En el mercado le pregunté a Abuelita —¿Tenían dinero las princesas mayas?

—Sí. En aquellos tiempos las semillas de cacao se utilizaban como dinero. Las semillas de cacao eran tan importantes que los mayas hasta tenían un dios del cacao llamado Ek Chuah —dijo Abuelita.

—Abuelita, si yo fuera una princesa maya, ¿qué podría comprar con el cacao?

—Podrías comprar un pavo o un conejo por 100 semillas de cacao. Un conejo pequeño sólo costaba 30 semillas, un huevo de pavo tres y un tomate grande una semilla.

The next day, when Grandma walked with me to school, I asked, "Grandma, did Mayan princesses go to school?"

"Of course," she replied. "All the children of Mayan rulers had to learn how to read and write. You could be like them."

"The first word that I would learn to write would be 'cacao,'" I told her as she left me at the school gate.

Al día siguiente, cuando Abuelita me encaminó a la escuela, le pregunté —Abuelita, ¿las princesas mayas iban a la escuela?

—Por supuesto —me contestó—. Todos los hijos de los gobernantes mayas tenían que aprender a leer y a escribir. Tú podrías ser como ellos.

—Entonces la primera palabra que aprendería a escribir sería "cacao" —le dije mientras me dejaba en el portón de la escuela.

After school, Grandma took me to have an ice cream at the Frozen Cone. She would be leaving the following morning.

I ordered a scoop of chocolate. "Grandma, did princesses have chocolate ice cream?"

"Well, they say that the emperor of the Aztecs, Moctezuma II, liked chocolate poured over bowls of snow brought to him from the high mountains."

"Wow! Like a snow cone!" I said.

Después de la escuela, Abuelita me llevó a tomar un helado en el Frozen Cone. Se marcharía a la mañana siguiente.

Pedí un helado de chocolate. —Abuelita, ¿tenían helado de chocolate las princesas?

—Bueno, se dice que al emperador Azteca, Moctezuma II, le traían pozuelas de nieve de lo más alto de las montañas y le gustaba comerlo con chocolate batido encima.

—¡Vaya! ¡Como una raspa! —dije.

"Mayan princesses also drank hot chocolate. They used to serve it in clay cups called *jarros,*" Grandma said.

"How did they make it?" I asked.

"They ground up the cacao seeds on a hot metate and mixed the paste with water," she explained. "The taste was a little bitter so they sweetened it with honey and sometimes they used flowers, allspice, chile or vanilla for flavoring. They made a topping of foam on the chocolate drink by pouring it back and forth from one container to another. This was always part of the ritual of serving chocolate," she said.

"Chocolate is perfect for a Mayan princess," I said.

—Las princesas mayas también bebían chocolate caliente. Lo servían en tazas de barro llamados "jarros" —dijo Abuelita.

—¿Cómo lo preparaban? —pregunté.

—Molían las semillas de cacao en un metate caliente y mezclaban la pasta con agua —explicó—. El sabor era un poco amargo así es que lo endulzaban con miel y a veces usaban flores, pimienta de Jamaica, chile o vainilla para darle sabor. Preparaban la espuma vertiendo el chocolate de un recipiente a otro. Esto siempre era parte del ritual para servir chocolate —dijo Abuelita.

—El chocolate es perfecto para una princesa maya —dije.

Once we were back home in the kitchen, I sat down at the table with Mamá. Grandma brought out a box shaped like a hexagon.

"Look, Sabrina, chocolate from Mexico," Mamá said.

"Cacao," I said with a smile.

Grandma opened the package and took out a tablet of Mexican chocolate. She broke it in pieces with several loud noises: Clack! Clack! She picked up several large chunks. Mamá and I nibbled at the crumbs that were left over.

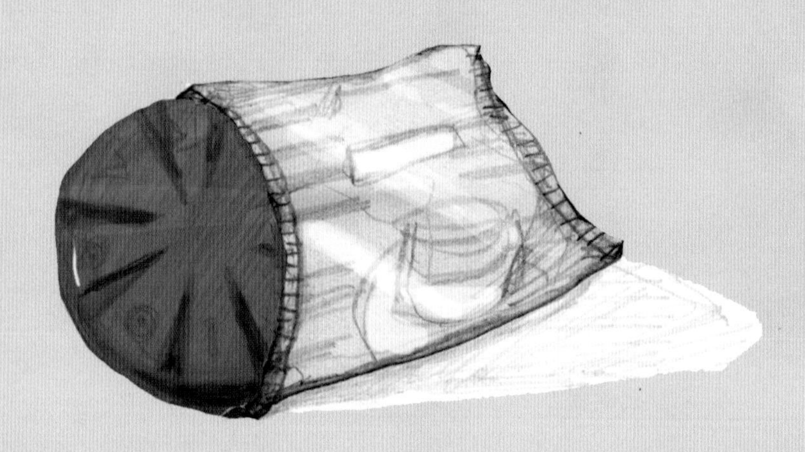

Cuando ya estábamos de vuelta en la cocina de casa, me senté a la mesa con Mamá. Abuelita sacó una caja en forma de hexágono.

—Mira, Sabrina, chocolate de México —dijo Mamá.

—Cacao —dije sonriendo.

Abuelita abrió la envoltura y tomó una tableta de chocolate mexicano. La quebró en pedazos con fuertes ruidos: ¡Pam-Pam! Recogió varios trozos grandes. Mamá y yo comimos los pedacitos que quedaron.

I helped Grandma fill a pot with milk. She turned on the stove and warmed the milk. As it was heating she dropped in the pieces of chocolate. She stirred the milk to keep it from burning.

"Look. Do you see how the mixture darkens as the chocolate melts? Please hand me the *jarros*, Sabrina," said Grandma.

I handed Grandma two of the large cups from the cupboard.

Mamá and I watched as Grandma poured the hot chocolate back and forth in the cups.

"This is how the Mayas and Aztecs made the delicious foam. Nowadays many people use a *molinillo*," said Grandma.

Le ayudé a Abuelita a llenar una olla con leche. Ella encendió la estufa y calentó la leche. Mientras se calentaba, Abuelita agregó los trozos de chocolate. Revolvió la leche para que no se quemara.

—Mira. ¿Ves cómo se oscurece la mezcla al derretirse el chocolate? Por favor, dame los jarros, Sabrina —dijo Abuelita.

Le di dos grandes tazas del trastero.

Mamá y yo observamos a Abuelita vertiendo el chocolate caliente de un jarro al otro.

—Así es como los mayas y los aztecas preparaban la deliciosa espuma. Hoy en día mucha gente usa un molinillo —dijo Abuelita.

Mamá and I smelled the cacao aroma before taking a sip.

I liked the feeling of the foam in my mouth. "Yummy," I said.

As we savored the chocolate, we toasted our ancestors: one for the Olmecs, another one for the Mayas and one more for the Aztecs. And we toasted the great discovery of chocolate.

Mamá y yo olimos el aroma del cacao antes de darle un traguito.

Me gustó sentir la espuma en mi boca. —Delicioso —dije.

Mientras saboreamos el chocolate, hicimos un brindis por nuestros antepasados: uno por los olmecas, otro por los mayas y uno más por los aztecas. Y brindamos por el gran descubrimiento del chocolate.

In the morning we took Grandma to the airport.

I handed her a drawing that I had made of a big cacao tree. I found it in Mamá's encyclopedia.

"Thank you, Sabrina," Grandma said. "This picture is a perfect memory of my visit."

I was sad that Grandma was leaving.

"Grandma," I said, "I'll miss you. You're leaving too soon. I don't want you to go."

"I know, Sabrina," she said. "I'll miss you, too. But I will think of you always, especially whenever I drink hot chocolate. Will you do the same for me?"

En la mañana llevamos a Abuelita al aeropuerto.

Le di un dibujo que hice de un gran árbol de cacao. Lo encontré en la enciclopedia de Mamá.

—Gracias, Sabrina —dijo Abuelita—. Este dibujo es el recuerdo perfecto de mi visita.

Me dio pena que Abuelita se fuera.

—Abuelita —le dije— te voy a extrañar. Te vas demasiado pronto. No quiero que te vayas.

—Lo sé, Sabrina —dijo—. Yo también te voy a extrañar. Pero siempre voy a pensar en ti cuando tome chocolate caliente. ¿Podrías hacer lo mismo por mí?

Mara Price enjoyed sipping hot chocolate with her grandmother, who would prepare it for her every morning. This pleasant memory inspired Mara to write this book. She is a Mexican author and illustrator of children's books, and her articles, stories and illustrations have been published in *Iguana*, a Spanish-language children's magazine. She is a member of the Society of Children's Book Writers and Illustrators and has taught art workshops at the Museum of Latin American Art in Long Beach, California. She lives in Southern California with her husband and children.

Mara Price disfrutaba tomando chocolate caliente con su abuelita, quien se lo preparaba todas las mañanas. Ese grato recuerdo la inspiró para escribir este libro. Sus artículos, historias e ilustraciones se han publicado en *Iguana*, una revista infantil en español. Mara es miembro de la Sociedad de Escritores e Ilustradores Infantiles y ha dado talleres de arte en el Museo de Arte Latinoamericano de Long Beach, California. Mara vive en el sur de California con su esposo e hijos.

Lisa Fields received her BFA in illustration in 2006 from Ringling School of Art and Design and attended the Illustration Academy. She is a member of the Society of Children's Book Writers and Illustrators. *The Triple Banana Split Boy / El niño goloso* (Piñata Books, 2009) was the first children's book that Lisa illustrated. She currently resides in Katonah, New York, a small hamlet north of New York City, where she grew up.

Lisa Fields recibió su BFA en ilustración en 2006 de Ringling School of Art and Design y asistió a Illustration Academy. Es miembro de la Sociedad de Escritores e Ilustradores Infantiles. *The Triple Banana Split Boy / El niño goloso* (Piñata Books, 2009) es su primer libro infantil. En la actualidad, Lisa vive en Katonah, New York, una pequeña comunidad al norte de la ciudad de Nueva York, donde se crió.